JN185004

句集
椰の実

橋本まり子

文學の森

序

橋本まり子さんに初めてお目にかかったのはいつの頃だったろうか。「鶴」誌上でその名を認めてから長い歳月を経ている。

著者の住まわれる紀州和歌山のすさみ町をいまだ訪れたことはないが枯木灘の黒潮の一望出来る豊かな自然に恵まれた地なのであろう。

まり子さんの俳句の道は昭和五十七年にさかのぼる。「鶴」俳句は石塚友二選の時代である。当時和歌山では御坊を中心に多くの仲間を擁していた。中山不艸氏はその会の指導者であった。しかし、まり子さんの今に到る本格的な句作精進の実践は友二先生の後を継承した星野麥丘人先生によるところが大であろう。また地元周参見にあっては「鶴」の古参同人である田上冬耕子氏をはじめとする熱心な俳句仲間に支えられている。

雛流しきのふに海の荒つづく
露の橋ひとつ渡りて塞の神
滝尻へ上つてきたる花うぐひ
蛇の衣二つに切れて草の上

初期の句から。難解なところがない。写生の目がよく行き届いている。初学にしてこの方向性を持つということは重要と考える。まり子さんの生活環境に掲句の示す風習や永い年月をかけて培ってきた自然の力があることは貴重である。「滝尻」の句、これは熊野古道の滝尻王子を詠んだのであろう。作者の住む地はなんといっても熊野詣の歴史に関わるところが多い。滝尻王子の渓谷は熊野霊域のはじめにあたる。さくら色に染まった石斑魚の遡上の美しさが眼前に迫る。

句集を読みすすめていくと当然のことながら著者の人生が見えてくる。楽しいこと、苦しいこと、悲しいことさまざまである。まり子さんはそれらのことを丁寧にすくいとって詠んでいる。

真つ白に産着の乾く雨水かな

父の日の子は父親となりにけり
初薬師母いそいそと出て行きぬ
庭に出て夫の髪刈る立夏かな
声出して笑ふややこや初蝶来

これらの句は明るさに充ちている。そして楽しくかつ微笑ましい。孫のために縫った産着の白。父親となった吾が子への祝福。初薬師へ恙なくいそいそと出かける母への喜び。立夏の庭先でご主人の髪を刈る作者の幸せ。声をいっぱいにして笑う赤ん坊に誘われて蝶も来る。詠むべきところを自然に詠んでいるから押しつけがない。ところが、

夕凪や麻酔覚めたる夫のそば
透析の休みの夫や花莫蓙に
病院へ夫置いて来し神の留守

こういう句が出てくる。庭先で髪をつんで和やかに語りあった最愛の夫の笑顔が消えてしまうのである。無常といってしまえばそれまでだが、永年共

に連れ添ってきた妻としての心の空白は埋めようもない。

夕顔のきのふこのつけふななつ

これはもう夫の死を覚悟せざるを得なかった放心がなさしめた一句といっていいであろう。しかし、まり子さんは夫との永訣を乗り越えて生きていく。今は子息がご主人の事業を継いでいると聞くが、それまでは会社を支え細腕をふるったのである。そのかたわら「鶴」の全国鍛錬会や吟行会にも積極的に参加して研鑽を積み、句作の幅を拡げてきた。その努力の成果はこの一集の処々に見ることが出来る。

木の実ふる渡海の僧の墓十基
補陀洛の綱切島や雁渡る

他にも「補陀洛」の作が二三ある。これは那智勝浦にある補陀洛山寺での作であろう。共に対象をしっかりと捉えている。作者の胸の深いところでこれらの景はつながっている。故郷への愛着がなさしめた作である。その補陀洛渡海の命の海はまた

菜の花の勇魚（いさな）の海へ続きけり
青葉潮鯨舞ひ込む入江かな

こうした鯨の潮吹が見られようかという南の海でもある。原風景といっていいこれらの命を見つめる目を持っているわけだろう。

送火や手を合はす子のぼんのくぼ
これはこれは大斎原の青大将

送火の句のいとおしさはどうだ。胸があつくなる。大斎原の熊野の青大将の豪放さはどうだ。作者の人柄が見えてくる。

速玉の梛の実干してありにけり

たしか平成も何年か経っていたと思うが、熊野中辺路の川湯温泉で「鶴」関西支部の鍛錬会が大石悦子さんの先導で開かれた。星野麥丘人ご夫妻も一緒であった。三宝柑の味が忘れられない。帰路は新宮に出て熊野速玉大社に詣でた。境内に大きな梛の木があったのを覚えている。私はまり子さんのこ

の句に出会って句集名は『椰の実』がいいのではと思った。まり子さんとしては

夫の吹くひょんの笛かと振り向きぬ

亡き夫への哀惜から「ひょんの笛」を考えていたかも知れない。しかし、私は速玉の椰の実に願をかける思いだ。

まり子さん、句集の上梓おめでとう。句作の道はなお続くのである。益々の健吟を祈りつつ筆を擱く。

平成二十八年七月

鈴木しげを

句集　梛の実／目次

装丁　仁木順平

句集　梛の実

冬珊瑚

昭和五十八年～平成六年

紫陽花や形見となりし花鋏

一日をしめくくる水打ちにけり

羽に嘴埋めて鴨の流れをり

目を細め授乳の牛や青嵐

たてがみの三つ編涼し高野馬車

姑逝かせとくとく吐かす湯婆の湯

初場所を待ちゐし姑の逝かれけり

孕み鹿小さき糞を落しけり

水貝の氷がとけてしまひけり

胸厚き少年草矢放ちけり

捕鯨図の漢はだかや館薄暑

鴨撃の派手な帽子を憎みけり

花芙蓉娘の縁談に疲れけり

寒鯉のときどき背鰭立てにけり

箒売時雨の辻を曲りけり

ぬけぬけと恋告ぐる子や黄水仙

大山の牛みな赤し草の花

藷畑の草取る海女にあひにけり

雛流しきのふに海の荒つづく

八十の父の細脛ちぢみ着て

熊野路や王子王子の滴れり

男等の目白鳴かせて遊びけり

彦根城とりかこみたる稲架襖

竹生島萩の月夜となりにけり

ひよんの笛吹いて耳たぶ熱うせり

笹子鳴くみんなが耳をたてにけり

海女小屋の閂太し冬珊瑚

みどり児の爪切つてをり桃の花

蕗摘女七人塚を通りけり

少年の膝の麦藁帽子かな

雨乞の鯰が浮いてゐたりけり

零余子取る夫はこぼしてばかりかな

砂山の砂の崩るる良夜かな

父の忌の朝より鵙の高音かな

雑煮箸夫にちちははなかりけり

一月の梛あをあをと宝勝寺

あきらかに鼬の糞や寒施行

ままごとの牡丹桜は貝の皿

核入れて卯波へ返す真珠貝

蟬時雨窯休ませてありにけり

露の橋ひとつ渡りて塞の神

昏睡の父に雪降るばかりかな

曳き船の音のすぎゆく春障子

孕み鹿少し歩いて振り向きぬ

夜の川泳ぐ乙女の音も無し

自転車を止めて夕虹消ゆるまで

朝霧の高野の御廟灯が入りぬ

黒豆にびつくり水や年つまる

泊船に十日戎の灯が入りぬ

黒文字の花や割箸すててあり

花冷の喪服の五人姉妹かな

滝尻へ上つてきたる花うぐひ

産着縫ふ蛍の夜を更かしけり

石舞台より飛びたちし天道虫

水音の涼しき文殊菩薩かな

稲刈の入鹿の塚へ突き当り

大年の日が差してをり父の墓

花荷着く能登の水仙ばかりかな

雛の灯やねむりし嬰児の長睫毛

花大根梯子を横に運び出す

花筏割つてカヌーの進みけり

蛇の衣二つに切れて草の上

斑猫を発心門に見失ふ

十津川の腰抜田とよ稲架襖

蓮の実の飛ぶまで腰を据ゑにけり

トンネルをぬけてトンネルみかん山

花野

平成七年～平成十三年

冬瓜の年を越したる三和土かな

桜貝気比の真砂を踏みにけり

朝市の榲は花をこぼしけり

法然忌空飛ぶ僧に隣りけり

納屋に棲む蛇の話は嫁にせず

木天蓼酒五合がほどをいただきぬ

昼の酒少しいただき萩の膳

頂上へ足はげましぬ草の花

詩仙堂雪の千両万両かな

真つ白に産着の乾く雨水かな

相阿弥の桜と聞けば吹雪きけり

父の日の子は父親となりにけり

丹波路の青田の風の真一文字

トロ箱に貼りつく鮑耀られけり

機音の露けき丹後泊りかな

鉦叩死者をかこめる一家族

笹だんご解けば小鳥の来てをりぬ

夕暮れの佐渡へ傾く籾殻火

手をのべて越のばつたに蹴られけり

柿提げて昼の寺町歩きけり

鴨を見て帰れば夫の不機嫌な

をがたまの花と気付けば空青し

御田祭張り子の牛の暴れけり

川上の藻刈の声のたちにけり

桜の実朝の箒を使ひをり

野仏の膝にはづみて零余子かな

またたび酒封切つて年改まる

初薬師母いそいそと出て行きぬ

鑑真の瓊花は花芽あげにけり

囀りや剃刀あてて夫の襟

涅槃図の猫が見たくて来たりけり

つばくらめ野鍛冶の屋根の煙抜き

初夏やきのふの城をけふも見て

捨てられて念仏鯛や波止薄暑

梅雨鯰ひげがちぎれてゐたりけり

炎天のドックの船の錆落し

みのかさご鰭を涼しく広げけり

道三の首塚曼珠沙華咲きぬ

藤袴雨の降り出す室生口

コスモスにほぐれて来たる肩の凝

業平の墓に供華無し鵙日和

落柿舎の柿の古木の柿三つ

夫癒えて昼湯をつかふ枇杷の花

雪明り写経一巻納めけり

菜飯屋の順番待ちの小座蒲団

桃咲いて黒き屋並の鳴海宿

野遊びのスカーフどこへ置いてきし

近露に近露王子初河鹿

寝莫蓙負ふ漢降り来る青熊野

六十年病まず休まず心太

夕凪や麻酔覚めたる夫のそば

病む夫を忘れてあそぶ花野かな

大原や一戸一戸の木守柿

弓始蓬莱山に雲浮いて

積みあげて初荷の榁こぼれさう

をととひの雪けふの雪余呉の湖

渡岸寺名残りの雪を踏みにけり

舟廊下花の雨戸を繰りにけり

夫の客長居してをり萩根分

須磨寺の見えてまつすぐ夏燕

透析の休みの夫や花茣蓙に

川越えて稽古囃子や鱧の膳

一つ落ち梢に一つ榠樝の実

二番打つ波布茶の筵拡げけり

鬼柚子をなぶりてみても買ふ気せず

猪肉の看板あがる熊野口

買初や野鍛冶の打ちし花鋏

をがたまの花の梢の昼の月

釣り上がる笛吹鯛や夕薄暑

万緑の高野山を出づる水迅し

風涼し飛驒の稗飯あますなし

奥飛驒の吉丁虫を拾ひけり

海鳴りの枕に響く土用入

草笛の夫に蹤きゆく川ほとり

ひぐらしや浮灯台に灯の入りぬ

をなもみを夫の胸へと投げにけり

病院へ夫置いて来し神の留守

霜を被て鼠のこまくら色深し

蕗の薹

平成十四年〜平成十六年

去年今年髪ひつつめて夫看取る

病院へ夫返す日の寒晴るる

阿部洋子様逝く

蓬つむ約束反古に逝かれけり

落花踏む杖はいらぬと言ふ夫と

灯台へ近径つばな流しかな

庭に出て夫の髪刈る立夏かな

山雀を飼うて男の無口なる

文字摺草夫の散歩のあとにつき

透析の済みたる夫の籠枕

夕顔のきのふこのつけふななつ

ききちの光となりし岬かな

きりぎりす観音さまのすがる腰

すぐり菜を洗へば菜虫溺れけり

冬至粥四人姉妹の揃ひけり

餅売り九十を越す白川女

河豚食つてまだ起きて来ぬそれもよし

河豚供養ふぐの法被のそろひけり

中辺路の春の泉のこゑあぐる

菜の花の勇魚の海へ続きけり

花吹雪レガッタ声を一つにす

伽羅蕗や一合の酒たのしみて

黒南風や生け垣高き浜の家

桛釣（かせづり）の麦藁いさぎばかりかな

灘に湧く入道雲や広島忌

烏瓜数へてななつまだ青し

夫逝く

野紺菊三つ四つ七つ野辺送り

初七日や卒塔婆ちさき露の径

剥きかけの柿そのままに逝きにけり

喪ごもりの垣根の零余子こぼれけり

出来てきし夫の位牌や冬初め

寄鍋や夫待つこともなくなりぬ

柚子風呂を立ててひとりとなりにけり

九十のははを泣かせし年の暮

初旅や夫の写真をポケットに

大寒の醍醐の水をいただきぬ

藪柑子和泉式部の供養塔

雛壇のお多福飴や京みやげ

木五倍子咲く王子を三つ訪ひにけり

伺ひをたてる夫無し春の宵

禅明坊間垣の中の花大根

光秀の妻の名熙子蕗の薹

これよりは金魚五匹と暮らさうか

大楠の洞の小仏夏落葉

すひかづら雨のきさうな海の風

余呉の湖見ゆる高さに夏ひばり

紫陽花を月命日の夫へ切る

鮎鮓を母が持たせてくれにけり

夫の死を知らぬ鰻屋土用丑

夫恋の南部風鈴つりにけり

籠枕開き直つて暮らさうか

寂聴尼さま留守がちに夏桔梗

花茣蓙も血圧計も遺品なり

芦雪寺の施餓鬼の案内とどきけり

魂棚に竹節虫まぎれこみにけり

稲雀波うつほどの数ならず

きたまくらばかり釣りあげ波止残暑

小鳥来る三千院の水の音

二の丸の空の広がる松手入

補陀洛山寺　二句

木の実ふる渡海の僧の墓十基

補陀洛の綱切島や雁渡る

茶が咲いて母の手術の日なりけり

二十年琴には触れず煤払ふ

年の瀬の大仏さまを見上げけり

大根干す浄瑠璃寺の門低し

大阪の空の濁りや年詰る

女人高野

平成十七年〜平成十九年

大寒の竹釘を吐く宮大工

風花や仏師は膝に木屑ため

桜餅ひとつつまめば夫のこと

炎を打ちて真顔となりし野焼かな

薬師寺の薬草園の名草の芽

白れんの百花つとぬぐ大和棟

野遊びにかぶれし指輪はづしけり

襖絵は芦雪の牛や花の寺

夫の墓雨のうぐひすいとけなし

卯の花や犬の見舞ひに犬連れて

青梅に塩振りをれば訃報くる

弘法麦淡海の風に吹かれをり

旅半ば夏越の祓くぐりけり

籠枕うたたね癖のつきにけり

猪垣の石見の国へ続きけり

かなかなや檜山杉山右ひだり

魂棚の南瓜くれと言はれけり

山野辺の籾摺りぼこりかむりけり

庚申の真下へ入りぬ穴惑

始発バス鹿の当て逃げ喰ひけり

立冬の売り切れはやきかつぱ餅

雪掻の最中を訪ひぬ文殊堂

うちは海老ゐがき今年の筆納め

膵臓手術一ヶ月入院

妹に看とられ三寒四温かな

あをさの香運んで来たる配膳車

予後の身の昼の湯浴の初音かな

黒文字の花の盛りの虚子忌かな

藤の花くもり日三日雨ふつか

牡丹に前と後ろのありにけり

拾ひたる命大事や菖蒲の湯

山の宿雨のほたるとなりにけり

山の水旨し葛切なほ旨し

アルプスのミネラル水の砂糖水

土用灸なんぞ断り籠りけり

姪は

胎の児に蹴られてゐると西瓜切る

仏壇の桃の香りにねまりけり

雀らの遊びに来るよ捨案山子

鵙日和ぽつくり寺へ行かぬかと

入院の母の鈴虫あづかりぬ

腰抜の秋の団扇を捨てもせず

萩を刈る仕事残してゐたりけり

どんぐりの真つ逆さまや一ノ谷

秋の朝クロワッサンの屑こぼす

櫟の実櫟の下に見当らぬ

海桐の実はじけて真赤枯木灘

名付親那智の宮司や七五三

波郷忌をあすに渋柿むきにけり

女人高野しぐれは雪に変りけり

雪を被て秀吉の墓ねねの墓

母恋ひの芭蕉の句碑や雪浄土

宿坊の湯たんぽ袋赤かりし

終弘法黒豆売りは丹波より

接待の温泉粥や初詣

九十四の母の正座や雛の間

虫出しの雷に目覚めし京泊

初ひばり術後一年過ぎにけり

描きあげて腑抜けピエロや四月馬鹿

あぶり餅春の手あぶり勧められ

救心を飲んで八十八夜かな

黒猫の産みたる子猫黒ばかり

淋しさを口には出さず粽解く

蛍狩二輛電車の通りけり

釣り上げしほほづき烏賊の鳴くといふ

桐の箱開けて玉虫見せにけり

東京に姉妹五人や明易し

蝮酒父の封印そのままに

鬼虎魚赤い顔して齧られけり

送火や手を合はす子のぼんのくぼ

茶粥など炊けと新米ひとふくろ

指三つもんで種蒔く赤蕪

ひあふぎの約束の種とりにけり

師弟句碑欅もみぢの二三枚

年忘れ根付の鈴の鳴りにけり

霙降る近江泊りとなりにけり

脇宮へ廻るや雪の降つてきし

とろろ汁

平成二十年〜平成二十二年

切火揉むことより始め粥神事

畦焼の終りし後を歩きけり

立子忌の近づく桃を挿しにけり

声出して笑ふややこや初蝶来

囀りや頭を空にして遊ぶ

彼岸餅一つは母にのこしけり

花見舟諸子を焼いてくれにけり

黄菖蒲や小溝とび越えられさうな

牡丹やおうな浪速へいつたきり

蟬丸忌水の大津に二日ゐて

破れ傘目立たずに花終りけり

夏桔梗水音たえぬ詩仙堂

飛魚の耀の最中の訃報かな

草取女こかげ木陰へ廻りけり

藍浴衣ひとりは淋しとも言へず

鮎鮓の一本あれば足りにけり

西瓜切るひとり暮らしのひとりかな

詫び状を一つ認め秋暑し

泊船に人影うごく良夜かな

秋の夜や形見となりし腕時計

穴惑ひ桂離宮へ入りにけり

露けさや桂離宮の桂垣

夫の齢生き得て後の更衣

秋惜しむ仕事どうでもよくなりぬ

初夢や夫にごとを言ひ忘れ

日向ぼこ湯筒の玉子茹だるまで

半襟を付け替ふ宵の三日かな

二三人石蕁掻く声飛ばしけり

大辺路の安居の渡しの猫柳

七十の国家試験や四月馬鹿

粗炊きて鰹祭の終りけり

笹団子母に継ぎ足す新茶かな

青葉潮鯨舞ひ込む入江かな

これはこれは大斎原の青大将

飛魚の甲板の灯を越えしとよ

箍締める桶屋の肘やほととぎす

錠前の竜の彫り物ほととぎす

蹲に夏菊の白ばかりかな

ややこ抱き夕顔の花見に来たる

法師蟬尽くせ尽くせと聞こえけり

水使ふ度にこぼるる実紫

鈴虫の庭へ七厘持ち出しぬ

一日の始まる鵙の高音かな

横笛は女学生なり浦祭

西行の庵の跡や雪ばんば

穴熊のまさか庭木に登るとは

七十にひとつ年乗せ宵戎

商ひの細るばかりや鬼やらふ

螋出て長靴の足動かぬよ

莢蒾の花は真つ白水の音

そら豆を親指まめと児が言ひぬ

椀種はあごのつみれの丸団子

実梅落つ安珍の寺雨の中

虫干や誰にも見せぬ夫の文

百日のやや抱き茅の輪くぐりけり

風入れて琴のおさらひしてみむか

籠枕ころべばすぐに寝てしまふ

高山寺五反田古墳蟬時雨

敬老日孫の寄せ書き貰ひけり

甘辛くあごのはららご炊きにけり

をなもみを投げ合ひ課外授業果つ

うばたまの種の取りすぎいかにせむ

十五夜の山頂のログハウスかな

とろろ汁夫を忘れて生きてをり

野茨の実の赤ければ足軽く

海見えてきし大辺路の石蕗の花

初時雨高野丁石濡らしけり

年の瀬の弘法市に遊びけり

煤竹の思ふやうには操れぬ

大晦日母の顔剃るいとまかな

八十八夜

平成二十三年〜平成二十五年

泳がせて初糶を待つ九絵三尾

若狭路や根雪の解けぬ一の宮

粥占の切火を運ぶ袖がこひ

早蕨を摘みつつ登る太子堂

素潜りの海女は礁に憩ひをり

甘茶飲む母百歳にあと二つ

目を閉ぢて足湯を使ふ花疲れ

船室の舟徳利や青葉潮

菖蒲湯の一番風呂を母にかな

坊の津の海穏やかや夏つばめ

木葉木菟雨の観音詣でかな

吾が庭にまさかの蛍舞ひにけり

鮎鮓の尾頭付きでありにけり

こぼれ鰺鳶に投げやり船洗ふ

中元のお福分けてふ京銘菓

浜木綿にくわっと日の射すしららはま
アンデスの岩塩とどくお中元
羅網をのがれて蛸の足速き

霊棚に青冬瓜を加へけり

芋の葉に包むおにぎり送り盆

新藁の草履作りをしてみむか

手をこぼれ蔓荊の実の香りけり

食まれつつ蟷螂少し翅開く

笛方の日焼けの鼻や浦祭

亡き夫の月命日や秋の暮

海桐の実雑賀の町は坂多き

先生はいかが在さむ冬立ちぬ

左腕骨折　三ヶ所

五時間の手術と知りぬ冬の星

葛湯吹く母の横顔夢なりし

波郷忌のギプスの腕を持て余す

除雪して托鉢僧を迎へをり

看護士の誰彼今日の雪を言ふ

橙を搾る力も無かりけり

御降りの本降りとなる長湯かな

霰降る海を眺めてゐたりけり

さざなみのさざなみを追ふ春の鴨

すぐ溶くる紀ノ国の雪友二の忌

湯の峰のつぼ湯の屋根の菫かな

背後より亡夫来る気配白椿

吉祥天御厨子開かれ春おぼろ

青蓮院左近の枝垂桜かな

花びらの散り込む足湯使ひけり

八十八夜母と枕を並べけり

草笛を吹きくるる夫無かりけり

おはぐろや橋にかかりし葬の列

観音の胎内くぐり滴りぬ

青梅雨や告げられてゐる再手術

青酸漿入院の荷のとどのはず

青柿や回り研ぎ師に軒を貸し

母に焼く鮎に串打つ日なりけり

母大腿骨骨折

秋たつや四人姉妹の看取り表

鹿垣や夜泣き地蔵は坂の上

疣薬師つくつく法師きくばかり

十五夜の過ぎて四日の素十の忌

灯をともし真珠筏の夜長かな

コスモスやどの道筋も海へ出て

干されある弾痕穴の猪の皮

穴惑ひ指させば指腐るとよ

終弘法古着の陰に札数ふ

縒り戻す絹糸はじく春障子

弓道部芝焼の火矢放ちけり

白酒や麥先生の誕生日

清明の紀州茶粥に塩少し

すま子忌の七日遅れの草団子

花屑を掃き寄せてあり喪の戸口

牡丹や浜風つよき福泉寺

青梅や石のテーブル石の椅子

伽羅蕗を煮返し一日籠りをり

先生の初七日海苄切りにけり

菖蒲葺く母に習ひしこと今も

熊野古道

長柄坂下れば棚田植ゑてをり

梅雨深し堀川香を薫きしめて

先生の四十九日の夕蛍

奈良うちは変体仮名の美しき

昼と夜違へる母や軒風鈴

西行歌碑吉丁虫に出合ふとは

初蝉の森へ自転車漕ぎにけり

海の日のカレー作りのボランティア

サーファーのもんどり打ちて土用波

蓮池につるみ蜻蛉の来てゐたり

三行の伝言母に涼あらた

鹿に勢子引き摺らるるよ角伐会

角伐られたる鹿の目の濡れてをり

橡の実の笊を沈めて禊川

栗飯の湯気ほんのりと根来椀

冬蝶をつれ祇王寺の門くぐる

籠枕

平成二十六年〜平成二十七年

実南天遊翁居士に屠蘇を酎む

元日の母の機嫌を損ねたる

粥占の禰宜が転んでしまひけり

都鳥旅にありても母のこと

補陀洛の海より白魚上り来し

黒文字の花芽ふくらむ補陀洛寺

薄氷を遊ばせてをり延命水

恋の猫金柑ジャムを炊きをれば

春愁の恋患ひかこの婆も

流し雛舳先に桃の花挿して

網を引く声のとびかふ彼岸鰤

貝寺に葬儀の鉦や桔梗の芽

註　貝寺は紀州白浜・本覚寺の別名

枝垂桜こどもが顔を出しにけり

椿寿忌の桜吹雪となりにけり

足湯して春のとんびを見てゐたり

亡き姑の恋しき日なり豆御飯

海芋生け遊翁居士のことをふと

文塚に新樹の風のわたりけり

口熊野水垢跡や鮎光る

納骨の墓経ながしほととぎす

滝尻の山蕗を買ふ何でも屋

玉置山ほたる袋の白の径

玉虫の翔ぶ一瞬の色引きて

捨てられぬ姑の遺せし籠枕

西村さち様を悼みて

さち様の逝かれし夜蟬なきやまぬ

大峰山蛇之倉七尾雲の峰

一等の芭蕉旗魚は百二瓩

蛇の衣みせては嫁に嫌はるる

猪の入りたる稲を捨ててあり

寒蟬の声の張りたり金福寺

食べてみむはまなすの実の赤ければ

へうたんのくびれ美し西鶴忌

蓮の実の飛びて残りし穴ふたつ

手をとりて離さぬ母や敬老日

色に出て気付く鴨上戸かな

吊干の薬草香る青洲忌

五智如来五体ならべて草紅葉

旅にして鹿の声きく夜なりけり

一連かふ舟型編みの唐辛子

蔦紅葉砦のやうな野面積

石榴さけ硝子細工のやうな紅

朝の水くむ小坊主や榠樝の実

速玉の梛の実干してありにけり

矢喰猪ダムへ落ちしと無線とぶ

雁の声ひたすら歩く恐山

居酒屋の津軽じょんがら秋深む

水音の糺の森や茶が咲いて

春待月母はこどもに戻りけり

納棺の母に寒紅うすく引く

懸大根庭木に竿を渡しけり

母の喪や薺打つ音ひかへめに

大寒の菜の花の咲く岬かな

船神にひねり包みの年の豆

白波を繰り出して来る春の灘

梅ほつほつ腰の神まで足延ばす

水音の高まる堰や桃の花

まだ杖はいらぬと申す彼岸婆

竹筒に那智の春水汲みにけり

背戸山の初音とちりてばかりかな

夫の忌をきのふに庭の白椿

琴糸の里に迷ひぬ花の雨

当尾のたらの芽摘みとすれ違ふ

亡母に似し笑ひ仏や春惜しむ

若葉冷ねんね根来の子守歌

廃れしよ子等の遊びの菖蒲打ち

砂町の波郷旧居や夏つばめ

蓮池の花はまだまだ水鶏笛

蟻の道志演神社の力石

一艘に二人一組鮑海女

蛇の首鳰の浮巣に近づきぬ

亡き姑の夢に覚めたり籠枕

涼風の一ノ瀬王子訪ひにけり

大楠の洞よりついと夕蛍

忌を修し芋名月を祀りけり

夫の吹くひよんの笛かと振り向きぬ

山水の奔る蕎麦屋のばつたんこ

雲ひとつなき斑鳩の刈田道

コスモスを束ねてをれど母は無し

鹿の角干さるる山のログハウス

色鳥の入れかはりくるログハウス

草じらみ二人ががかりで取りくれし

角切の鹿は枕をあてがはれ

水涸るる猫又の滝高からず

句集　梛の実　畢

『梛の実』によせて

この度橋本まり子さんの句集が鶴叢書第三四一篇として出版されるはこびとなった。三十余年にわたり紀州鶴の会・渚句会（すさみ町）で俳句の座を共にしてきた者として慶賀にたえない。まり子さんが「鶴」の俳句大会に参加したのは昭和六十年十月の和歌山県雑賀崎における「鶴」関西俳句会がはじめてである。この席で当時の「鶴」主宰石塚友二先生にお会いする機会を得た。「鶴」俳句への投句はこれより数年前からということになる。今回の句集『梛の実』刊行を機としてまり子さんの作品のいくつかについて筆をすすめてみたい。

今まではまり子さんの作品に触れても特別にどうこう云う気はおこらなかったが一巻にまとまってみると実に読みごたえのある内容に驚く。

鴨を見て帰れば夫の不機嫌な

まり子さんは結婚してすぐ夫の橋本宏氏の片腕として「すさみ交通（有）」を創立し、長年に亘り会社の発展に力を尽してこられた。現在では会社を長男夫婦に譲られ悠々自適の日々を過されている。右の句は「すさみ交通」がようやく軌道にのったころの作品である。何も彼も事務全般が彼女の細腕ひとつで運営していくのは重責であったと思われる。会社の隙を盗んで俳句の材料を探すことは内密にしていても自然と社長の耳に入る。今日振り返ってみるとほほえましくも感じられると共に当時の苦労がしのばれる。会社経営と作句活動の板ばさみの中で難しい夫婦間の機微を巧みに表現していると感心する。

水貝の氷がとけてしまひけり
鴨撃の派手な帽子を憎みけり
雨乞の鯰が浮いてゐたりけり

一連の作品は「颪切抄」に抜かれた句で一見写生だけの句と思われがちであるが、そこにはまり子さんの徹底して物を見る眼がある。単なる写生俳句ではなく無駄を省いた表現手法で「颪切抄」に抜かれた洗練された句である。

誌上で主宰が筆を執ってくれているので併せて鑑賞して戴き度いと思う。

核入れて卯波へ返す真珠貝
十津川の腰抜田とよ稲架襖
法然忌空飛ぶ僧に隣りけり
奈良うちは変体仮名の美しき
雁の声ひたすら歩く恐山

「鶴」には足で俳句を稼ぐと評判の先達がいる。
句集『椰の花』の作者齋藤貞義さんである。貞義さん・小田中柑子さんを紀州に迎えて文化遺産の熊野古道中辺路街道と南紀一周をまり子さんも同道でご案内したことがある。退職後はまり子さんは暇を見つけては独りで京都・奈良・近畿一円を旅し、また全国各地の「鶴」の仲間からの誘いがあれば空を飛んで遠くの俳まくらの地を歩き回っている。その土地土地の風物との出合いを堪能され過不足なく表現に成功されている。まり子さんの俳句の眼はたいしたものと受け止めている。
また、まり子さんならではの独特の俳句のとらえ方があり、句会の席で、

どきりとさせられることがしばしばある。例をあげると

舌出せと甚平の医師椅子廻す

大寒の竹釘を吐く宮大工

穴惑ひ指させば指腐るとよ

矢喰猪ダムへ落ちしと無線とぶ

等々大胆で男性的な詠い振りもまり子さんの特色でその独創に圧倒される。あまり長々と綴って読者の方々の障りともなりかねないので、この辺で筆を擱くこととしたい。平素の親しさに慣れて失礼なことを書いたかも知れない。幸いまり子さんは健康に恵まれているので、今後共句会の仲間としてこの道に精進を続けてほしいと思っている。

両の手をこぼるる梛の実を拾ふ　冬耕子

平成二十八年八月吉日

田上冬耕子

あとがき

私の初めての句集『椰の実』は昭和五十八年六月から平成二十七年十二月までの日記のような俳句を収めたものです。
石塚友二先生に初めてお会いした和歌山雑賀崎の吟行句会で思いもよらぬ上々の成績に天にも昇るほど嬉しく、以後俳句にのめり込みました。
昭和六十一年二月八日、友二先生のご逝去に接し、師を失う寂しさを噛み締めました。
その後、星野麥丘人先生のご指導を受けて、平成二十五年五月二十日のご逝去まで俳句のご指導を頂いて参りました。
現在では、鈴木しげを先生の下、俳句に精進しております。「鶴」一筋にお三人の師に教えを受けて参りました。私はつくづく幸せ者だと感謝致しております。
今年喜寿を迎え自慢であった健康にも綻びが出て参り、眼科・内科・歯科と通院の日々を重ねておりますが、喜寿の記念にと句集出版の決心を致しました。

句集上梓に際しまして、ご繁忙中の鈴木しげを先生には選句の労をお取りいただき、句集名『梛の実』と「序文」を賜りましたこと、深く深くお礼申し上げます。

又私が二十五歳の頃から俳句をお勧めくださった田上冬耕子様には「跋文」を賜りました。これ以上の慶びはございません。有難うございました。

又これまで私を支えてくださった多くの先輩、句友の皆様に厚くお礼を申しあげます。

終わりに、母を看取るまで三年以上もの長い年月、句集上梓をお待ちくださいました「文學の森」ご一同様に心から謝意を表します。

平成二十八年八月吉日

橋本まり子

著者略歴

橋本まり子（はしもと・まりこ）本名　橋本萬里子

昭和14年１月９日　和歌山県に生る
昭和57年　「鶴」入会
昭和63年４月　「鶴」同人
平成16年４月　栗羽集同人
平成16年　俳人協会会員

現住所　〒649-2621
和歌山県西牟婁郡すさみ町周参見3383の２番地

句集　椰の実

鶴叢書第三四一篇
発　行　平成二十八年十二月五日
著　者　橋本まり子
発行者　大山基利
発行所　株式会社　文學の森
〒一六九-〇〇七五
東京都新宿区高田馬場二-一-二　田島ビル八階
tel 03-5292-9188　fax 03-5292-9199
e-mail mori@bungak.com
ホームページ http://www.bungak.com
印刷・製本　竹田　登

ISBN978-4-86438-575-6　C0092